KB168207

가슴으로 운 사랑

가슴으로 운 사랑

김영섭 시집

토담미디어

내 인생의 변곡점

지난 2년은 내 인생에 크나 큰 변곡점이었다. 여행을 다녀와 가벼운 마음으로 건강진단을 받던 중 사랑하는 아내에게 암이라는 판정이 내려졌다. 청천벽력 같은 충격은 표현이 어려울 만치 나에게는 크나큰 시련이었다. 아픔을 당해봐야 그 아픔을 알 수 있다고 했던가? 그 과정을 헤쳐 가는 과정은 결코 쉬운 일이 아니었다.

아내의 투병생활을 곁에서 보면서 마음 아파했던 시간이 너무 많았고, 언제나 아내의 마음을 안심시키고 진정시켜야 하는 것이 나의 몫이지만 지극 정성을 다 쏟지는 못했다. 아내의 아픈 몸이 정상으로 가는 길은 아직도 남아 있지만 분명히 완치될 것이라 확신을 갖고 긍정으로 살아가고 있다.

또 작년에는 건강하다고 장담했던 나도 의식을 잃고 생전 처음으로 구급차에 실려 시술 후 열흘간 입원을 했다. 그 후유증 관리를 위해 꾸준히 노력하고 있지만 건강에 대한 크나 큰 각성과 소중한 건강지식을 알 수 있었던 기회로 생각하고 있다. 따라서 지난 2년간 나에게는 너무도 소중한 시간이었다고 할 수 있다. 인생은 유한한데 그 생을 소중하게 관리하고 가치 있는 삶을 살아야 하겠다는 작은 결론을 내려놓고서 실천하며 살아가고 있다.

보잘것없는 한 권의 시집을 이 세상에 또 내 놓으려 한다. 나의 시심이 보는 이로 하여금 어떻게 느껴지리라는 결과에 대해서는 가급적 무덤덤하려고 한다. 비록 감동을 주기에 부족하더라도 자신이 살아가고 있는 일상생활의 확고한 의지를 담아서 표현한 것일 뿐이기 때문이다.

삶을 영위하는 데 있어 누구에게나 자신 만의 가치가 존재한다. 모두들 각기 다른 가치관과 방법으로 보람과 즐거움을 찾아가는 것이다. 우리는 끝없는 방황과 연민을 반복하면서도 결국 슬기롭게 헤쳐 나가야만 한다.

어쩌면 완전한 만족이 아닌 약간의 부족함이 행복의 첫 번째 조건일지 모른다. 부족한 것은 언제나 마저 채울 수 있는 여지가 남아 있기 때문이다. 조급해하지 않고 여유를 가질 수 있는 마음이야말로 넉넉한 마음의 창고를 가지고 있다는 것이며 참으로 다행스러운 일이다.

　인간은 사랑을 먹고 살고, 조직은 사기를 먹고 살고, 사회는 인정을 먹고 산다고 한다. 바로 마음이 세상을 움직이는 중요한 요소로 자리 잡고 있기 때문이다. 평범한 이야기지만 이를 실천에 옮겨진다면 더 밝고 온기溫氣가 피어오르는 세상이 될 것이다. 나는 바로 그런 세상을 꿈꾸며 살아 왔다.

　내 곁에는 늘 훌륭하고 좋은 사람들이 병풍처럼 든든히 존재하고 있다. 그들에 대한 고마움을 잊지 않고 사람 냄새 나는 가운데 살아가는 행복을 스스로 느끼고 있는 것이 얼마나 다행스러운지 모른다. 내 인생에 든든한 버팀목이 되어주고 용기를 북돋아 주는 그들이 있다는 것에 가장 행복감을 느끼고 있다.

　인생을 살아가면서 어떤 사람을 만나느냐에 운명이 바뀌기도 한다는 말이 있다. 사경死境을 헤매는 급박한 상황에 곁에서 크나큰 도움으로 살아날 수 있었던 것도 '생명의 은인'이 곁에 있었기 때문이다. 바로 PAA그룹 박종필 회장이

신데 이 기회에 진심으로 감사의 말씀을 올린다.

두 번째 시집을 내면서 곁에서 교정과 격려를 해준 사랑하는 아내, 자신의 일에 최선을 다 하며 살아가는 두 아들 석진, 효진과 집안의 온갖 일을 챙기느라 애쓰는 며느리 승희에게 고마움을 전한다. 이제는 말솜씨가 늘어 재롱도 피우고 제법 당당해진 손자 재민이가 너무 사랑스럽고 예쁘기만 하다.

마지막으로 시집 발간을 위해 애써준 홍순창 시인을 비롯하여 주변의 많은 분들께 감사드린다.

모두 행복하기를 빈다.

鐘岩洞에서
2015년 벽두에

7

가치를 찾아 나가는 시인

益心 김영섭 시인은 나와 문단에서 만난 사이가 아니다. 주로 사업의 길을 걷고 있는 지기들은 문청시절 뜨거운 밤을 함께 지새우거나 문단활동을 통해 우정을 쌓아온 경우가 대부분인데 특이하게도 김 시인은 생업의 현장에서 마주치게 되었다. 업무에 관한 이야기를 나누다가 시나브로 해가 바뀌고 한참이 지난 후에야 우연히 서로의 정체(?)를 알게 되었다.

나보다야 인생의 큰 선배이시지만 우정을 느끼기에 장벽이 되지는 않았던 것 같다. 서로 추구하는 시세계가 다르지만 그것도 전혀 걸리적거리지 않았다. 오히려 에둘러 돌아온 관계의 길이 소중하게 느껴지기까지 했다.

이번에 나는 김 시인의 시세계를 찬찬히 들여다보면서 다시 한 번 첫 만남의 무근한 감동에 사로잡혔음을 감추기 어렵다.

그의 최근작들을 꿰뚫는 열쇠어는 '희망'이다. 그가 꾸준히 노래하는 삶에 대한 진솔한 관조와 희망이 공허하게 느껴지지 않는 것은 그가 겪은 삶의 무게에서 비롯된 것이리

라. 결국 편편에 흐르는 과장되지 않은 삶의 고통이 그의 희망을 받쳐주고 있는 형국이다. 배우자와 가족에 대한 사랑과 우정, 회환과 고통은 하나의 결정체인 '희망'을 잉태하며 김영섭 시인의 시 전체를 이끌고 있다.

시인 스스로의 다짐처럼 유명한 시인이 되어달라고 부탁하지 않겠다. 자신만의 가치를 찾아 꾸준히 나가는 시인이 되어 부디 희망을 건져내고 의지를 실천해 나가기 바란다. 그의 두 번째 시집 발간을 진심으로 축하드린다.

— 홍순창(시인)

차례

1부

희망가

끈기는 삶의 투지다
그 어떤 난관도 헤쳐 나가는 힘
자신만이 가지고 있다

시련도 달게 받으면 보약이 된다
쓰고 매운맛도
단맛으로 바꾸는 힘
바로 자신감이다

성취는 시련 없이
기대할 수 없는 것
고통은 행복의 씨앗이 되어
희망의 어머니로 되돌아와
내일의 출발에 힘을 싣는다

행복의 문을 열며

내 맘은 아직도 푸른 하늘입니다
어깨를 누르는 무거운 짐 있어도
그 무게만큼이나
모두를 감당해낼 힘이 있습니다

자신의 이상理想은 뜬구름입니다
지혜를 일깨우며
순수하게 받아들일 수 있기에
당당한 용기가 있습니다

아픈 상처는 영광의 흔적입니다
따뜻한 체온으로 보듬어
더 큰 사랑과 열정으로
행복의 문을 열 수 있습니다

촛대바위 일출

저 멀리 수평선 넘어
먼동이 트면
제 세상 만난 갈매기떼
먹이 찾아 자유로이 비상하고
지아비 탄 통통배 먼 바다 보내고

눈을 떼지 못하는 이낙의 가슴앓이도
장엄하게 떠오르는 태양의 기운에 취해
온갖 근심걱정 쓸어내리고
안도의 눈빛이 시리도록 아파온다

태고의 힘으로
당당한 동해 수호신 되어
촛대 끝에 앉은 태양!
온누리 불 밝히고

맺힌 한恨 녹이고 녹여

쌓여 빚은 그 응어리

저 바다와 바람과 함께

천하의 앙상블 되니

무아無我의 절경絶景이로다

민들레 인생

바람의 힘으로 멀리멀리
터 잡은 바람의 꽃이여!
사랑과 헌신으로 피워낸 순결의 꽃
드센 기운으로 새싹 틔운 용감한 꽃
핍박과 설움에도
끝까지 버텨온 인내의 꽃이다

따뜻한 배려와
푸근한 인정 넘치는 행복의 꽃
사막 속 다이아몬드처럼
빛나는 보화寶花!
육신이 무참히 짓 뭉겨져도
다시 피워내는 불멸의 꽃이다

험난한 아스팔트 가장자리
시련을 떨쳐내고
꿋꿋하게 살아가는

삶의 이정표

모진 아픔 바람에 다 날리고

아름답게 피워낸 한 송이 들꽃이다

미스김 라일락

연록의 늦봄 속에
짙은 내음 피우며
희망의 꿈 키워
한아름 안겨준 향기로운 꽃이여

연분홍 보라빛
함박웃음 피워
꽃샘 속 한기寒氣
입김으로 녹여내
신비를 내뿜는 리라꽃이여

수수꽃다리 씨알
태평양 건너 와
새로 잉태된 몸
다시 찾은 고향땅에서
참다운 멋을 내뿜는 연인의 꽃이여
〉

세련된 자태로

다정한 벌나비와 속삭이며

아름다운 사랑 영글게 한

미스김 라일락이여

질곡의 세월

한없이 어두웠던 지난 시간
뒤돌아보면 목 놓아 타령할 틈도 없이
허물을 벗고 또 벗으며
모진 고통 감내堪耐하였지

자신만의 어두웠던 과거 언덕들
차곡차곡 쌓여 성벽이 되고
한 맺힌 설움 눈가에 범벅이 되어
구성진 가락 혼 싣고서 맘 놓고 울었지

땅속 어둡고 추웠던 긴 세월
애절한 몸부림으로
모든 유혹을 다 뿌리치고
버티며 살아온 나날들

과거를 땅속에 모두 묻고
밝은 빛에 옷 벗으며

화려하게 일어서던 날

무슨 노래로 시작할까

지난 시간 묻지 마세요

오늘이 즐거워야 하니까요

청보리꽃 필 무렵

청보리밭 두렁에 우뚝 서면
따스한 봄바람 아스라이 휘몰아치고
손에 잡힐 듯 뿌연 물결 파노라마 되어
녹색의 향연 펼쳐지니
농부의 콧노래 절로 나네

풋과일 먹고 싶어 울타리 몰래 비집고
자두나무 아래로 살금살금
단맛신맛 가리지 않고 정신없이 따먹다
산지기 장 영감 기침소리에 놀란 가슴
마냥 줄행랑치다
무거운 발걸음에 숨 헐떡이네

사랑의 눈물

그대가 보여준 눈물은
영롱하게 빛나는 보석입니다
고귀한 맘 뭉쳐진
사랑의 결정체입니다

그대가 보인 눈물은
아픔에 대한 회한이며
빨리 완쾌되길 바라는 기도와
사랑과 열정이 용해된 간절한 마음
그것은 확신과 자신에 찬 용기입니다

가슴으로 운 사랑

푸른 하늘에 웬 날벼락

멍하게 엄습해오는 시련

운명의 저주란 말인가

넘 저리도록 가슴이 아파온다

곁에 있어주어 고맙고

신경 쓰게 해 미안하다는

그 말이 넘 아름다워

가슴에 깊은 멍울 맺혔다

통증의 열이 온몸 짓누르니

얼마나 힘들고 고통스러웠을까

아픔을 감추며 미소 띤 그 얼굴

천사의 모습으로 내 가슴을 또 울린다

굳건한 의지로 병마와 싸워 이겨

완전히 회복되는 그날 기다리며

오늘도 당신 곁에서 꺼지지 않는 등불이 되어

주위를 환하게 비출 것이니

뇌리 속에 즐거운 맘 가득 채워

밝아오는 희망의 새 날을 맞이한다

그 사람

세파에 떠밀려 흔들거릴 때
문득 떠오르는 그 이름
모든 것을 떠나
걱정도 고민도 잊고서
너스레 들어줄 여유도 없었나?
어디서 무엇하며 지내는지
가끔은 서로
챙기고 살았으면 좋으련만

비가 나릴 땐 우산이 되어주고
눈이 올 땐 서로 손잡고
조그만 낭만을 나누며
비바람 속 버팀목 되어
서로 의지할 수 있었으면 좋으련만

섬광처럼 빛나는 열정으로
멋지게 지내길 기대하며

금방이라도 마주하고픈 얼굴

묵은 넋두리라도 펼치고 싶은

지금은 무엇하고 있는지

친구가 생각나는 저녁 무렵

고진감래 苦盡甘來

힘들었던 고통
세상사 번뇌라고 생각하시고
지긋지긋한 진통의 순간들
얼른 다 지워버리세요

새아침 눈을 뜨는 순간
당신이 내 곁에 없으니
텅 빈 인생의 수레가 되어
너무도 허망했어요

밤새 고통과 사투하며
힘든 고비 감당했을 당신
속없이 편히 누워
아무런 도리 못한 것이
부끄럽기만 했어요

어서 원기 찾고

제자리로 돌아와

둘이서 손잡고

가벼운 발걸음으로

광화문 네거리 활보하자고요

생일날 출근길

당신의 축하편지 받고서
북받쳐 울컥하는 감정
억누를 수 없었지요

이심전심以心傳心
둘의 눈가엔
이슬이 맺혀
서로 부딪쳐
아름답게 빛났습니다

악착같이 살아야 해
건강하게 말이다
우리가 누구인가
인동초보다 더 강하게
버티며 살아야 해

그간 모든 것 참고

버텨 왔는데

왜 못 버티겠소

여보! 이제 모든 욕심 내려놓고

몸부터 빨리 추스리자고요

산중山中 나그네

문풍지 사잇바람
호롱불 프롯프롯 춤추는데
나그네 쉬어 가고파
문밖 지나가는 헛기침소리
촌로村老는 숨죽여 귀 기울이네
쉬어가라는 아름다운 배려에
어쩔 줄 모르는 행객行客의 마음

후한 인심,
소박한 정이 물씬 풍기는
가슴 벅찬 감동의 물결
미소 머금은 채 마주친 두 눈동자
따뜻한 아랫목이 너무 고마워
어느새 손 잡고 파안대소하네

평화의 아침

황금빛 비단파도
기쁨은 넘실거린다
태양의 용솟음
찬란하게 펼치니
아름다운 평화의 아침이다

황홀에 젖은
무아의 경지이다
숨이 멎는
행복의 하모니다
동해의 모든 아침은
우리의 희망이다

조국 사랑

포탄이 퍼붓는 전장에서
명령 하나에 온몸으로 막아서며
비굴하지 않으리라
조국을 위해 당당하게
용감히 싸웠노라

육신은 찢어지고
선혈이 낭자해도
투혼은 꺾임이 없이
조국을 부둥켜안고
끝까지 지켜내었노라

고귀한 헌신과 희생으로
당당히 내 조국 지켰기에
벅찬 감격은 명예심에 춤추고
나는 조국이 자랑스러웠노라

서울의 별

시린 물결 탄 은하수
일등별 이등별
손놀림 바쁘다
별을 노래할 수 있어
행복한 밤이다

한강에서 보는 별밤은
멋진 추억 쌓는
고향집 앞마당이다

서울은 우리들의 얼굴이고
영원한 마음이기에
힘과 용기를 주는
영원한 안식처이다

홀씨 된 바람꽃

바람 타고 몸을 띄워
자유로이 세상구경하다
무작정 내려앉아
새싹 틔우고
모질게 피워낸 꽃

서러운 애환 한몸에 안고
고난도 역경도 감내하고
언제나 희망을 좇아
꿋꿋하게 버티는
길목에 선 이정표

삭막한 도시 모퉁이에
다이아몬드 같이 빛나는 보배
짓궂은 인간의 발자국
짓뭉개도 끝까지 버티며
마지막 남은 육신

싹을 틔우며 꽃을 피운

불굴의 그대

넓은 세상, 좋은 땅으로

멀리멀리 날아가리라

매미 같은 운명

길고 긴 어둠의 시간들
신세타령할 틈 없이
허물을 벗고 또 벗으며
모진 아픔 참고 견디었다네

어둠은 땅속에 묻고
밝은 빛 보려 겉옷 벗어던지고
화려하게 다시 태어나는 그날
무슨 노래로 시작할까나
지난 고통 가슴에 홀로 묻고
오직 오늘을 위해 살아 왔다네

어둠의 지난 긴 세월
애절한 몸부림으로
온갖 유혹 다 뿌리치고
끈질기게 버티었다네
〉

차곡차곡 고난 쌓아올려

한 맺힌 가슴앓이 쓸어내리며

눈가엔 설움 범벅

구성진 가락에 혼을 실어

이제사 목 놓아 운다네

지울 수 없는 상흔

어리석은 광기로

동족同族끼리 총부리 겨누며

돌이킬 수 없는

깊은 상흔 남겼으니

잘려나간 육신의 아픔

가슴에 맺힌 응어리 안고

육십 성상星霜의 세월 지새며

누굴 원망했으랴

승자도 패자도 없는

허망한 불장난 속에

조국의 산하山河 피로 물들이니

분노는 하늘을 찌르고

통곡은 천지를 울리나니

한 맺힌 이 절규絶叫

누굴 탓 하오리까

〉

장막이 걷히는 그날

한 맺힌 울분과

쓰라린 아픔을 잊고

모두 한 마음으로

따뜻이 보듬어주리라

아픈 가슴 미소 받고서

찢어지도록 가슴 아픈 청천벽력에
아무 생각 없이 그냥 멍~~
하필이면 이런 시련을 주는 걸까
뜨거운 운명이 불현듯 닥치니
당황스러운 가슴 너무 아프오

지난 시간 모두 떨쳐내고
이제와 누구를 탓하겠소
모든 업보로 받아들이고
오직 용기로, 즐거운 맘으로
밝아오는 새날
기도하며 기다리겠소

변함없고 아낌없는
사랑 다 줄 터이니
임의 가슴속
즐거움 가득 채우고

두려움 없이 당당한 모습으로
힘내시고 모든 걱정 잊으시구려

곁에서 업고서라도
부둥켜안고라도 함께 갈 터이니
건재할 그날을 채비하며
편안하게 모든 것 받아들이시구려
오늘 아침 3번 게이트에서
울컥하며 눈물이 쏟아졌어요
차 안에서 손 흔들며 전송하는
당신의 미소가
하루 종일 지워지지 않는구려

고맙고 미안하다는 맘
온몸에 열이 되어 엄습해오니
얼마나 아프고 힘들었을까
내색하지 않는 당신의 가슴속

대신 아파줄 수는 없는 것일까

오늘따라
당신의 미소 지워지지 않고
내 가슴 아리게 하는구려

마로니에 공원

코끝에 드미는 상큼한 공기
향기롭고 시원하다
켜켜이 쌓인 피로와
헛된 욕망의 거미줄을
솔바람에 실어 날려버리고
새 기운 가득 채워
평온함으로 제 모습 가꾸기 바쁘다

공원의 아침은
일그러진 얼굴 보이지 않고
활짝 핀 해바라기처럼
밝은 미소가 넘쳐난다
자신만이 즐기는
온갖 맨손 동작에
흥이 어우러져
하루의 생기가 넘쳐난다

그대가 있어 행복하다오

그대가 올 수만 있다면

난 외롭지 않으리라

그대가 말벗이 되어준다면

난 심심하지 않으리라

그대가 함께 있어준다면

난 고통의 늪을 빠져 나오리라

그대가 알아준 만큼

난 삶에 자존심을 가지리라

그대가 내 곁에 있기에

난 미소를 멈추지 않으리라

그대가 나의 힘이 되어준 만큼

난 모든 것 다 주리라

그대가 있기에

난 언제나 행복하리라

양지, 그리고 음지

힘들게 오른 정상
쨍한 햇살 받으며
뜨거운 환호소리
뭉클한 감격
눈시울 적시네
매듭을 풀었다는 당당함이다

비 오는 날 차가운 냉기
좌절의 몸부림 속
비정한 코웃음에
하염없는 설움
눈시울 적시네
풀지 못한 한의 미안함이다

아침리역

드높은 창공에 떠운 뽀얀 조각배

대성산에서 오성산으로

남과 북의 숨결이 멎고선

천불산 계곡 낙수소리

적막 속 초침이 되었다네

금강산 가는 길목역 기적소리에

포성은 천지를 요동쳤으니

아수라장된 비극의 옛 추억들

단잠에 깨어 눈 부비며

슬픈 모습으로

길동무 찾고 있네

민초들의 아우성

밤에 우는 매미는
휘황찬란한 도시의 불빛을
낮으로 착각했나보다

잠 못 드는 열대야 속
폭염과 함께 들려주는
매미의 울음소리
민초들 허기진 삶의 아우성이다

숲속에서 들리는 매미소리는
기구한 운명의 세월을
한풀이하는 회심곡이다

더위에 찌든 한여름의 끝자락에
유난히 고달팠던
서민들의 그늘진 삶
온갖 원성 다 토하고 싶은가 보다

반딧불이 생애生涯

형설지공螢雪之功!
반딧불 밝히고
책을 벗 삼은 이야기에
매혹을 느낀다

개똥벌레
짝 찾아 사랑한 후
알에서 애벌레로
걸쳤던 허물 벗어던지고
인고의 시간이 흘러
반딧불이 되었다

비 오는 날 밤
땅속에 집 짓고
어른 되어 빛을 뽐내며
밤하늘을 마음껏 비행한다
〉

52

맑은 이슬 먹으며

다시 기도하는 열흘 밤

스스로 선택한 생멸을 따라

자연으로 돌아간다

잊혀진 이산離散의 슬픔

동족 간의 전쟁은
죽고 살기만이 아닐진대
조국의 허리는 잘려지고
숨통은 두 갈래 되었네
이산離散의 슬픈 씨앗 뿌려
만날 수도 연락할 수도 없는
혈육의 생이별이라니

이제 혈연의 끈이
하나 둘 허물어지고
존재는 잊혀만 가니
그 슬픔 모두의 피눈물 되었네
감내하며 살아온
불통不通의 반 세기
세월을 잊고 살아가야 하나

칠석날 밤

남산에 송홧가루 뿌옇게 휘날리던 밤
도심의 네온사인 불빛잔치 벌어지고
황홀에 쌓인 아름다운 서울
은하수가 합창하듯 시리도록 푸른 밤하늘

태평을 노래하는 저 하늘의 별빛!
모두에게 잊힌 서울의 별빛
한마음 되어 제자리 돌아와
걸쭉한 빛을 뿜는 도시의 향연이다

길라잡이 북극성에 끌려
견우와 직녀의 랑데부 앞에
모두가 하나 되길 기도하며
서울 하늘을 뜨겁게 달구는 별빛무리

바보 된 세상

철부지마냥 어리석게
미쳐야 좋아하는 건가요
소리 없이 굴러가는 인생사건만
사는 것이 버거워질 땐
하늘 보며 참는 것이 넘 배가 불러
텅 빈 가슴 편안하게 느껴져요
바보처럼 꿈꾸던
구름 같은 세상
나는 사랑 한아름 가슴에 안고
너스레 떨며 살아갈래요

어느 장단에 춤춰야
웃어주는 건가요
구겨진 자존심 잠시 숨겨두고
비굴하지 않고
당당하고 의롭게
아름다운 외길로 살아가요

바보처럼 꿈꾸던

구름 같은 세상

사랑을 가슴에 안고서

넋두리 펼치며 살아갈래요

수피령 단풍

뜨겁게 달구던 열 기운이
언제 그랬냐는 듯
찬 기운에 눌려
진녹의 푸르름 잊고서
위에서 밀려오는 갈색 물결
막을 수가 없구나

자연은 언제나 우리 곁에서
저 높고 푸른 하늘아래
말없이 진실만을 일러주며
녹음綠陰 속에 감추어 둔
오색물감으로 거침없이 풀어
찬란함을 뽐내며
아름답게 그려낸 한 폭 산수화다

시리도록 곱게 물던 오색 향연
산들산들 어리광으로

울긋불긋 싱글벙글

기쁨이 절로 일어

골바람 타고 울려퍼진다

2부

그리운 다목리

구비구비 이어진
험하고도 힘든 오르막길
겁 없이 혼자서
넘나들던 수피령길

가로등 없는 두메산골
임 만나는 부푼 꿈에
앞만 보고 달리며
넘나들던 수피령

그 옛날 황장목 목도꾼들
한 많은 노랫가락
골바람 타고 들리는 듯
촌락의 굴뚝 연기
반갑게 맞이해주네

외딴집 불빛에

안도의 한숨 내쉬며

이제는 다 왔구나

그리운 다목리

헌시|獻詩

소쩍새 울면

임 소식 온다고 했는데

오시질 않으니

정녕 어디에 계시온지요?

행여나 오실까 대문간 쳐다보며

그토록 마음조이며 기다려 보았건만

그리운 얼굴 보여주지 않습니다

그토록 증오하던 무리들

이데올로기 전쟁터에

사랑스런 내 가족 뒤로 하고

전선으로 나아가 용감하게 싸우다

꽃다운 젊음에 산화했으니

어찌 잊으리오 호국정신을

전사통지만 받은 채

육십 년을 보내야 하는

그 맺힌 한 울분을 누가 알리오

〉

보고 싶은 임이시여!

조국의 산하가 핏빛으로 물들어

풍전등화 같은 그 숨 막히는 순간에

행복했던 가정은 산산조각이 나고

세월이 더할수록

사무치는 그리움

끓는 분노 깊은 상처

어떻게 치유할 수 있으리오

임이 뿌린

거룩한 나라사랑

위국헌신의 밀알이

강한 힘의 추동력으로

이 조국 자손만대에

영원히 빛나리라

국화길 산책

국화밭 모자이크 사이로
하트 보이고
노랑 자주 어우러져
달콤한 향기 코끝에 밀려오네

숨죽이듯 흐르는 여울목엔
어느새 물안개 피고
먼동의 아침 불기운
연분홍 채색되어
혼을 앗는 환상이
눈앞에 펼쳐지네

향기에 취해서
발걸음 가벼운데
늦게 핀 코스모스 하나
계절에 밀리는 아쉬움으로
외로이 손짓하네

내 곁에 머문 그 사람

눈빛만 보아도 알 수 있어
표정을 읽으면 마음이 다 보여
언제 보아도 편안하기에
내 곁에 있어 행복하구나

꺼지지 않는 열정의 등불처럼
어깨를 다독이며 용기를 불러
험한 세파 이기는 힘 되어 주기에
내 곁에 있어 행복하구나

아무런 보상도 없이
언제나 포근히 감싸주는 따스함
사랑의 꽃다발 안겨주며
내 곁에 머무는 그 사람……

삶의 굴레

무성한 푸르름이
위세를 떨칠 때는
오라 손짓하지 않았어도
다정하게 찾아주는 산새들이 있어
언제나 즐겁고 행복하였노라

계절의 전환을 알리는
찬기운 드리울 때는
활기 넘치던 산하 적막해지고
낙엽 되어 나뒹굴어도
못 본척하는구나

밟히고 또 문질러져
산산 조각된 낙엽에게는
존재의 가치를 모른 체하고
흙으로 되돌아가는 것을
아무도 모르는구나

〉

화려했던 계절은 잊혀만 가고

모진 겨울바람 또 견디어

다시 활짝 피울

새봄을 기다리며

깊은 단잠에 빠지는 구나

봄맞이

봄은
새로운 희망을 여는
새로운 시작의 첫걸음
새로운 만남의 기다림이다

봄볕은
양지밭 보리고랑
아른아른 아지랑이 핀다
겨우내 굳은 흙 뚫고
용솟음치는 새싹의 생기는
임을 맞는 정성과 따스함이다

봄바람은
언 땅 서릿발 내려 앉히고
연둣빛 꽃망울 터뜨리며
농부의 바쁜 발걸음과 함께
녹색의 그날을 기다리며

봄향기를 전하는 전령이다

내 마음속의 봄은
언제나 따뜻한 아랫목이다

한풍寒風

아래에서 위로 치미는 골바람
윙~윙~ 드센 울림은
민초民草들의 아우성인가
다 받아줄 수 없는 한 맺힘
천지를 울리고 있네

정상에 스치는 매서운 칼바람
눈동자엔 불빛 일고
부딪힌 두 볼은
초여름 사과처럼 빨갛다
이길 수 없는 대자연의 힘

밤사이 변신하는 차가운 바람
온기 빼앗고 한기 더해
육신肉身의 혼魂을 이끌어
밀고 또 밀어내고
피를 거꾸로 흐르게 하네

〉

찬바람이 따스함에 밀려

드세진 힘으로 온기를 밀어내니

시간은 필연必然으로 이끄는 법

먼저 꿰찼다고 으스댐 없이

순순히 양보하며 계속 반복되는 것을

동반자

당신이 내게 준 사랑은 진실입니다

사랑은 진한 감동의 씨앗입니다

내게 보인 눈물은 사랑의 보석입니다

지나온 회한의 피눈물입니다

반드시 나을 수 있다는 자신감과 용기입니다

빠른 완치를 위한 바램의 기도입니다

아픔은 우리의 운명입니다

아픔을 준 것은 나의 책임입니다

당신의 건강을 위해 모두를 다 바칠 것입니다

〉
당신의 뜨거운 사랑은 진실입니다

가벼운 마음으로 훌훌 털고 일어나야 합니다

하루하루 힘차고 당당하게 받아들여야 합니다

용기와 자신감으로 이겨나가야 합니다

사랑으로 아름답게 가꾸어나가야 합니다

아름다운 사랑을 모두에게 베풀어 주어야 합니다

당신은 나의 동반자

그러니, 미안해하지 마세요

비교하지 마라

살다보면 서로 견주게 되네
자신보다 못하면
우쭐해지고
자신보다 우수하면
부러움이 생겨나
불평불만 영글어
열등감 만들어지네

평정심 잃고 사는 건
결코 아닐진대
서로 다를 수 있기에
자신은 자신이라는
주체적이어야 한다네

어떻고 저떻고
그 친구 이래 저래
앞집 아이 뒷집 아이

함부로 견주면
본연의 제 모습 사라지게 된다네

상대 마음 못 헤아리면
가슴속 앙금 쌓여
분란의 단초 된다네

좋은 점 많이 찾아
칭찬과 격려 듬뿍 주면
따뜻한 배려가 행복 되어
더 크게 쌓여만 간다네

별빛여행

육백 년 도읍의 장대한 역사 속에
한강물에 흘려보낸 온갖 풍상들
세상 내려다보는 아름다운 별빛
난세 극복한 영웅들의 그림자 빛나네

밤하늘 달군 저 별빛무리들!
가까이 빛나면 일등별 되고
자신의 존재에 만족하며
멀리서 희미하게 비치면 이등별로 불렀다네

약자나 빈자 모두에게
밝다 희미하다는 이분법으로 포장된
무지렁이 생각들일랑
다 떨쳐버리고
태평가 부르며
즐거운 별빛여행 떠나보게나

능소화

잔잔한 파도소리 고즈넉한 지중해
저 멀리 먼동이 트고
온갖 구름 말끔히 삼키고서
환한 얼굴로 새아침 맞는 말라가Malaga여!

창문으로 내려다보인
유난히 눈에 띤 꽃
활짝 피워 그 자태 뽐내며
울타리 온통 덮은 꽃열차
얼른 보고파 발걸음이 빨라진다

그토록 기다리던 임은 보이지 않고
상사병에 지쳐 세상 하직한
애처로운 전설처럼
그 자리에 다소곳이 피어
주홍빛 입술로 미소 머금고
한여름 온몸으로 피는구나

봄기운

고향집 돌담 아래

보랏빛 얼굴 내밀고

수줍어하는 제비꽃

옥잠화, 원추리, 상사화

서로 먼저 고개 내밀고

미끈한 자태 뽐내는

아름다운 새싹들

연갈의 민둥산

붉게 물들이는 진달래 꽃파장

보송보송 생기 뽐내는

실개천 버들강아지

반짝반짝 피워낸 샛노란 돌나물꽃

울타리 옆 사잇길

멀쑥하게 꼿꼿이 서있는 머위대

봄의 제 군상들

한목소리로 멋 부리며
향연이 펼쳐지네

텃밭

잡초 무성한 빈터
흙냄새 맡으며
땀 흘려 일군 텃밭
씨앗 뿌려 애지중지
작은 수확에 넉넉해진 맘
식단에 오른 풍성한 채소
만족이 넘쳐 부자 되었다네

훈훈한 고향 인심
가지 오이 고추 호박
힘든 줄 모르고
아낌없는 정성 쏟으니
이쁘기만 하였어라
맛의 고마움 한층 더하니
기쁨이 넘쳐난다네

딱새

밀려온 봄기운에
환한 미소로
꽃망울 틔우고
딱새 둥지
새 생명 탄생한다

인간을 두려워하지 않고
가장 가까이서 살고 있다
그 속내 아무도 모르면서
척박한 인심 탓하지 않고
반가운 소식을 전해주며
사랑받고 싶어 한다

선인장

누구도 감히 귀하신 내 몸에
손대지 못하게
촘촘히 가시 박고서
태어났었지

세찬 비바람과
몸서리치는 고통이 와도
꿋꿋하게 남기 위해
철저히 방비해 두었지

가시형제들의
아름다운 꽃을 보며
뭇 인간들은
너무도 좋아한다지

내 조상의 핏줄 받고
가시를 방패로

대대로 그렇게
행복 누리며 살아 왔었지

나는 본능에 살지만
가식이 없으니
가시가 많다고 흉보지 마라

내가 숨쉬고 살기 위해
어쩔 수 없이 가시를
많이도 박아 두었지

고슴도치처럼
단단히 무장하고서
오늘도 당당하게
이렇게 살아가고 있지

새벽을 여는 삶

남보다 한발 먼저 내딛는 즐거움이란
자신만이 가질 수 있는 쾌락이다
새벽을 여는 맑고 깨끗한 심성
즐거움의 시작이다

만사가 마음에 끌려가듯이
모진 질곡의 삶도
자신이 만들고 가꾸는 정원사처럼
온갖 열정의 소용돌이 속에
수작秀作을 탄생시킨다

여명의 불빛 보며 사는 자
깨어있는 삶의 진가眞價를 꿰뚫는 자
한발 앞서 나아가는 선구자
운명은 자신의 것이기에
꿈은 반드시 이룰 수 있다

미래는 자신의 이상향

당당하게 나가가는 삶의 발자국

푸른 신호등만 있을 뿐이다

이 계절이 지고 가지만

엄동설한이 닥쳐와도

오직 그렇게 왔으니

언제나 당당하게 나아갈 뿐인 것을

어머님의 기도

자명종 없이도 매일 같은 새벽 맞으며
두레박 차가운 물에 머리카락 담그니
온몸은 사시나무 되어
한기寒氣 닥쳐와도
기도의 한마음 온갖 잡상雜像 다 떨치고
복된 하루맞이 지극정성이어라

단정하게 빗은 머리
비단결처럼 곱고 아름다워라
마음은 대문처럼 다 열려
자나깨나 근심걱정 털어내고
온 집안 잘되길 바라는
헌신의 사랑 따뜻하여라

그리운 어머니!
기도는 끝난 것이 아니겠지요
떠나신지 여러 해 넘겼어도

불효의 회한은 막급한데

그 공덕 오늘의 힘이겠지요

코스모스 추억

밀려오는 계절을
아무도 돌릴 수 없지요
자연의 섭리 앞에 머리 숙이고
그렇게 순응하면서 살아왔습니다

꽃이 고와 노래 부르며
향기에 취하고 흥에 겨워
그냥 즐겁게 뛰어 놀던
아무것도 꺼릴 것이 없었습니다

지난 일은 너무도 소중하기에
고이 간직하고 새겨
순간순간 떠오르면
멋쩍은 자태로 빙그레 웃으며
아름답던 그 시간
그리워하고 있습니다
〉

구름이 흘러가듯

새파란 하늘과 가슴 하나 되어

텅 비어 깨끗한 내 가슴

가득 채울

나의 존재를 찾고 있습니다

잡초야, 뭐하니?

털어내고 비워진 홀씨로
바람 따라 멀리멀리
더 넓은 세상을 보고 싶었다
떠돌다 앉은 그 자리
운명의 터전이라는 사실을

보잘 것 없는 새 생명으로
고난도 역경도 다 보듬어
행복 찾는 희망으로
꿋꿋하게 버티며
모질게 피워냈다

얼굴 내밀지 않아도 편안하기에
당당한 모습으로
모두의 애환 한몸에 안고서
삶의 질곡을 초월한 근엄한 자태로
너는, 길목에 선 이정표다

설날의 추억

기러기 떼 저 멀리 떠나던 밤에
구슬픈 이별가 귀전에 맴돌고
볼에 스쳐 시리도록 찬바람
달빛마저 밝구나

희미한 등잔 아래
바삐 움직이는 아낙의 손
화롯불에 달군 인두
문지르고 또 꿰매니
예쁜 동전 맵시 뽐내고
아름다운 버선 되었구나

다가오는 명절이건만
즐거움은 뒤로한 채
할일이 쌓였으니
걱정이 태산이로구나

태백산 오르며

물안개 낀 계곡
바위 사이 졸졸 흐르고
적막 깨우는 산새 소리
모두 잃어버린 듯
혼자 들으며 발걸음 옮긴다

아쉬운 시간 잡지 못해
덧없는 비교로
불신의 씨앗만 영글게 하고
끊임없는 세월타령 불행을 안는다

못나고 보잘 것 없이
속세에 갇혀 살지만
산은 모두를 보듬기에
한 마리 들짐승처럼
마음대로 가고 오고
자유 평안 누린다

3부

고란사

소쩍새 밤새도록 울었지
통한의 역사 애달픈 숨결
도도히 흐르는 백마강수에
꽃잎처럼 몸 날린
고결한 삼천순절
낙화암에 메아리쳐
서기瑞氣가 맴도는구나

영욕의 한 맺힌 기나긴 세월
지워지지 않는 자취들
유유히 떠도는 황포돛배
풍류와 낭만이 꿈틀되고
아름다운 산하山河
고란사 풍경소리 어우러져
대백제의 영광이
다시금 꿈틀대는구나

새벽 눈길

밤사이 차곡차곡 쌓인 눈길
아무도 가지 않았다
첫발 내딛는 순간
장엄하기만 하다
산하山河는 백색의 천지
하늘을 비상할 듯 가벼운 걸음

혼자서 걷는 이 한 발자욱
새벽을 여는 힘이다
천하를 제패한 영웅처럼
새 역사를 만들며
운명의 길을 걷고 있다

뽀드득 뽀드득 소리에
자신감이 더하여
새로운 길을 뚫고
새로운 자취 따라 길을 나선다

해탈解脱 길

8월의 마지막 주말
지겹도록 울던 매미소리 잦아들고

대지를 달구던 태양도
계절을 잊으려 멀어만 가고

산허리에 걸린 보름달 보며
쌓여 맺힌 통분의 씨앗

밀려오는 조바심
얽매임 벗어나
이젠 모두를 내려놓고 싶다

터널 지나며

어둠이 시작되고
끝은 보이지 않는다
조금만 지나면 익숙해져
어둠의 공포는 떨쳐버린다
빛의 고마움 느낄 즈음엔
터널 빠져나오게 된다

아름다운 꽃 먼저 피우기 위해
온갖 수단 다 동원하듯이
기회는 늘 공평하기에
지혜롭게 문을 여는 열정이
진정한 용기다

어둠의 시작은 잠시
인고의 시간이 흘러가면
역경은 쉽게 넘을 수 있으니
아름다운 세상 눈앞에 펼쳐지리라

강물처럼 사는 세상

낮은 곳을 향하여 찾아서 간다
누가 시키지 않아도
스스로 아래로아래로

위에는 누르는
무거운 힘없기에
더욱 편안하다

인생은 강물처럼
아래로 흘러
도도하게 나아가는 것이
승자의 도리道理다

누구나 아래로 가기를 원하고
모두를 보듬어 주는 그런 세상
양보의 미덕이 살아있는
아름다운 세상을 보고 싶다

내 곁에 머문 그 사람

눈빛만 보아도 알 수 있어요
표정 읽으면 마음 다 보여요
언제 보아도 편안하니
내 곁에 있어 행복하구나

꺼지지 않는 열정의 불씨처럼
어깨를 다독이며 용기를 불러
험한 세파 이기는 힘이 되어주니
내 곁에 있어 행복하구나

아무런 바램도 없이
언제나 포근히 감싸주는 온정에
사랑의 꽃다발 안겨주며
내 곁에 머문 그 사람

호연지기 浩然之氣

뇌리에 심어진 자신의 별
홀로 외롭게 반짝이건만
맘속 진실 숨겨둔 채
차곡차곡 쌓인
지나온 흔적들
자신을 말해줄 그날까지
혼자 외로이 꿈꾸고 있네
온누리에 비친 아름다운 빛
미래의 보석되리라

원앙새

눈부시게 반사된 춘당지 물빛
맨 앞에 선 놈이 물살 가르니
동심원 파장은 계속 이어지네

뒤따르는 원앙들 덩달아 시위하듯
물아래 고개 묻고 하늘 한번 쳐다보고
서로 부비고 입 맞추며
사랑잔치 펼치네

가장 행복한 계절
따뜻한 봄바람 맞으며
서로 배려하고
서로 포용하고
서로 보듬어주는
아름다운 사랑
내 눈 앞에 펼쳐지네

꽃잎은 바람결에

미소 머금고
활짝 피운 아름다운 그 자태
보고 싶고 또 보고 싶었건만
때가 되면 떨어져야 할 운명
때가 되면
눈에서 멀어지리라

바람결에 꽃비 되어
정처 없이 서성이다
갈 곳 찾지 못하고
모퉁이에 숨죽이며
우두커니 자리 잡으니
찢어지고 일그러진
슬픈 몰골이
모두의 마음 울렁이는
꽃바람이어라

이제 짐을 내려놓아요

육신의 나이테 하나씩 늘어만 가고
삼라만상 기운 받아온 정성 힘 보태어
새봄을 기꺼이 맞는데
생각의 변화가 더디 오는 것은
삶의 무게 때문입니다
이 무거운 맘 가볍게 하기 위해
가진 것 만든 것 모두
내려놓을 채비해야지요
하심下心이 언제부터냐고 물으시면
지체 없이 툴툴 털고
그 길로 가야 하니까요

장맛비

지루하게 내린 빗줄기
하늘 뻥 뚫린 줄 알았다네
온 세상 강타하더니
코끝에 비릿 향긋 흙냄새 풍기고
언제 그랬냐는 듯
태연하게 얼굴 내민 따가운 햇살
이글이글 그 열기
자기 도취된 욕망을 보는 듯하네

스쳐 지나던 뭉게구름
벼락 천둥으로
천지 호령하며 모두를 휘어잡고선
세차게 퍼붓던 도깨비 같은 소나기 멎고
세상이 밝아지자
앞동산엔 무지개 열렸네

이 세상 모두가 싫어하는

후텁지근한 열기

찌든 땀에 답답한 가슴

한줄기 후련한 장대비

언제 또 내려줄 건가

별빛 같은 사랑

멀리서 희미하게
보일락 말락 그 별은
잊혀진 존재의 별이 되었네

가까이서 초롱초롱
밝게 빛나는 별은
언제나 앞장서 뽐내며
온 천지 비추는 일등별 되었네

삶의 척도尺度가 모자라
갈증 느끼며
단비 기다리는 심정으로
모두 하나같이 보듬는 세상
통 큰 배려를 아쉬워하네

눈길 걸으며

온 천지가 새하얀 설야雪野이다
무릎이 요지부동 못 걷는 적설 속에
길 잃고 헤매는 발길 오도 가도 못 하네

인기척 귀 기울여 앞으로 나가고픈
의지의 힘에 실려 방향은 뒷전이라
쌓인 한恨 모두 털어낸 가벼운 발걸음

눈부신 은빛세계 묵은 한 털어내어
뒤돌아 볼 틈 없이 정처 없이 걷는 외길
눈 녹인 따스한 온기 가슴속에 스미네

전쟁유감 戰爭有感

누구를 위해 총부리 겨누며
이데올로기에 편승한 낡은 명분에
이유도 모른 채
선량한 백성만 전장戰場으로 끌려갔다
처참한 폐허만 남기었으니
누굴 위한 전쟁이었느냐고
되물어 보고 싶다

포성이 멎고
평화의 빛이 찾아왔건만
분노의 앙금은 지워지지 않고
서로가 우위를 앞세우니
싸움은 그칠 줄 모르니
양보와 배려가 보이지 않는
평행선이다

맺힌 응어리 풀리고

아픈 상처의 치유되는

그날을 기다린다

열린 마음 가슴을 펴고

다시는 분쟁 없는

자자손손 영광된 조국 되길

모두 한마음으로 염원한다

가로수의 운명

왕성한 녹음이 그늘 베풀 때
아무도 달가워하지 않았다

신선하고 맑은 공기
가슴에 삼킬 때
아무도 고마워하지 않았다

잡다한 미세먼지 다 받아주어도
아무도 몰라주었다

시야가 가려진다고
잘리고 또 잘려
앙상한 나목이 되어도
아무에게도 불평하지 않았다

좋으면 그냥 두고
막히고 거추장스러우면

과감하게 정리해 버리는

못된 속성의 상처를

한몸에 안고서

외로이 서 있는 가로수

시련은 용기를 키운다

가슴 아픈 소식에
아무런 생각 없이
앞이 캄캄해지니
가슴 찌릿함에
너무 마음 아프구려

모든 일 원인 있으니
누굴 원망하거나 탓하지 말고
운명으로 맞으며
당당하게 새 날 맞이 하시구려

용기 잃지 말고
건재할 그날 기다리며
아낌없이 사랑 다 줄 테니
근심걱정 털어내고
가슴에 즐거움만 다 채우시구려
〉

이제는 당당한 자태로

두려움 없이

당신 부둥켜안고

모든 것 다 받을 터이니

걱정 없이 편안하게 다 받으시구려

사랑의 전율

당신을 홀로 두고 나서는 출근길
가시가 목에 걸려 아파오듯
내 마음을 더 아프게 하고서

얼굴에 비친 고맙다는
사랑의 눈빛
종일토록 당신을 잊지 못하리

자신의 아픔을 생각할 겨를 없이
반복되는 혹독한 시련의 시간들
용광로처럼 끓어오르는 당신의 가슴
태연한 척 여유 부리며

당신의 웃는 자태속
아픔이 밀려서오니
내가 대신이고 싶어라
〉

당신의 넉넉한 미소는
내 가슴을 더 시리게 하고
헌신적인 사랑 일깨우는
뭉클한 전율로 다가옵니다

사모하는 맘

총총 걸음 오르신 부소산 정상

백마강 굽어보니 한 폭의 산수화라

한가히 노니는 황포돛배

그 옛날 영욕의 세월 풍광

낙화암 충절에 넋 잃고

삼천의 별빛이 더욱 빛나리

어머님 거니시던 돌계단

서른 해가 지나도 변함없건만

그 옛날 우국충정 백제 여인들

한 맺힌 가락이 귀전에 맴돌고

고란초 띄운 약수 한 사발 목을 축이니

역사는 그렇게 흐르고 있다네

불굴의 꽃

우아한 자태 어디서 왔는가
척박하고 험난한 그곳
모질게 돋아난 노오란 꽃
넌 그토록 어려움 견뎌낸 꽃
스스로 바람타고 멀리 날라
생명 잇는 끈기의 꽃
개척혼이 살아있는 꽃

모질게 짓눌리고 설움 받아도
긍정으로 이겨낸
참다운 지혜의 꽃
온갖 고충 감내하고서
언제나 포근하게
행복을 담그는 꽃
민들레 정신!

아파트에 찾아온 매미

방충망에 매달린 채로
나 왔노라! 큰소리 외치며
주인을 부르고 있다

어디로 날다가
우연인지 필연인지
초청하지 않은 방문이지만
싫지 않는 손님으로 맞이하고 싶다

알에서 애벌레 되어
땅속에 새긴 인고의 10여 년
넓은 세상 보고파 땅을 뚫고서
입고 지내던 허물일랑 훌훌 벗어 던지고
가벼워진 몸으로 창공을 날았다
짝을 찾으려 소리소리 질렀다

온갖 오욕 다 떨치고서

세상풍파 고비 수없이 넘었다

한 맺힌 절규 토하며

인내와 끈기로 버틴 삶

짧은 생을 예언하고서

주어진 삶을 만끽하며

마음껏 누리리

청포도 추억

대지를 달구던

뜨거운 햇살

달콤한 향기 피우며

탐스럽게 영그는 청포도

장독대 둥치들 빼곡히 서서

주인마나님 기다리듯

된장, 간장, 고추장, 장아찌

쓰임새는 다 달라도

그 맛의 지존至尊은

가문家門이었다

하루 해 슬며시 꼬리 감출 때면

저녁밥 짓는 연기 치솟고

마당엔 모깃불

하늘엔 반딧불

〉

고향집 마당 살평상에 누워

청포도 익어가는

그리운 추억의 밤이

깊어만 간다

自我를 찾아서 II

열정을 곱게 쓸어 담고서
살아온 내 삶의 흔적에
비록 더 채울 수 있는 공간이 있다 해도
결코 욕심부리지 않으리라

나의 혼을 오롯이 담아
만들고 가꾼 아름다움 그 자체이기에
부끄럼 없이
떳떳하고 당당한 길을 걸어 왔다고
말하고 싶다

지나온 아쉬움과 회한이
파도처럼 밀려올지라도
결코 후회하지 않으리라

내가 걸어온 이 길은
가장 소중한 자산이고
행복했던 시간이라고 말하리라

가슴으로 운 사랑

ⓒ2015 김영섭

초판인쇄 _ 2015년 1월 27일

초판발행 _ 2015년 2월 3일

지은이 _ 김영섭

발행인 _ 홍순창

발행처 _ 토담미디어

서울 종로구 돈화문로 94(와룡동) 동원빌딩 302호

전화 02-2271-3335

팩스 0505-365-7845

출판등록 제2-3835호(2003년 8월 23일)

홈페이지 www.todammedia.com

편집미술 _ 김연숙

ISBN 979-11-86129-00-5